JN057214

現代こども詩文庫　5　戸田たえ子詩集

もくじ

詩篇

詩篇

詩集『しずかなる　ながれ』から

夕暮れ

夕暮れは
暗くて重い藻の匂いがたちこめる

山も家も人影も
影絵のような薄明に
実体の光をたずねて伸びあがる

風の日は

風の日は
夜空の星が降ってくる

段々畑の
もがれたばかりの密柑の木が
黄色く光り増してくる

社の大楠

樹齢二六〇〇年と言われる大楠に
たずねたいことはいっぱい
人々の信仰が厚いほど
枝は空高くそびえ
青々とつややかな葉を拡げる大楠に
教えられることはいっぱい

けれど

どんな気持で見上げても
大楠は答えない
祈る人の心の内を
そっとかすめて揺れている

郷愁（Ⅰ）

ふるさとは今
日本一のアーチ橋に沸く
海をこえて　確かにこえて
ふるさとは今　脚光をあびる

喜ぶ人
不安がる人
悲しみをさがす人

そのいずれも島を愛する人々の顔

ふるさとは今
はてしない空間にそのひろがりをもとめた
私の内では昔のままで
鼻栗瀬戸*

*地名

郷愁（Ⅱ）

心の中のふるさとは
いつも
青い空の下にある

段々畑は山の天辺までつづき
蜜柑に色どられた
私のふるさと

だが
ふるさとは今
はてしない空間にそのひろがりをもとめ
翼を広げたように
アーチ橋が伸びている

ふるさとは今
蜜柑の木
伐採の憂き目に遭いながら
やはり
青い空の下にある

蝉

ああ
私もあのように激しく
身をふるわせて
泣いてみたい

唇をあけ
驟雨を飲むように天を仰いで叫んでみたい

秋の声

夏は終り　秋がやってきて
たがいに　すれちがう瞬間の
かすかな声を
聞いた
低く呟きながら
山をこえて消えて行ったのを
息をひそめてみおくった
大空は　たちまち秋色に変わり
髪をなびかせて駆けて帰ると
私の瞳も鏡の中で澄んだ色に染まっていた

仰臥する父

戦場を駆けぬけた父の躰は
半生をかけた戦記*を置いて
今なお　戦いを終えない

寝たきりの躰は天を向き
やがて昇ってゆく
道のりを計っている

自分に一寸の狂いもないと
誤算された天からの釣り糸を
頑固にかわし続けている

＊「私のビルマ戦線」著、藤原義衡

床柱

この家の主にみこまれて
鎮座まします　その前は
森ケ上谷にいた　この身

蜜柑畑がきれた　あたりから
栗の木　桃の木をぬけて
われら一族の木々の木立よ

かれこれ二十五年
二度と帰れぬ古巣だが

真下は農道が通り
昼寝もできないありさまや
松喰い虫の被害などなど
風の便りで知っておる

今はこの家の主の
とぎれんばかりの呼吸の番よ

あっぱれなほど頑固に生きぬいた男を
弔う儀式のおりにこそ
我が身に課せられた
一世一代の大仕事よ

別辞

白い袋の中身は
食べかけの飴
印刷された六文銭
身内の頭髪
精魂こめた戦記

出立ちの身軽な分だけ
冴えた頭に思い出をつめ

平成二年二月
雨の降りしきる日に
かって耕した田畑の上を辿って
七十八才の父は
悠　悠
帰天していった

夕日《ゆうひ》は一つだけれど

山《やま》に　のぼると
また
山が　みえる

山って
いくつあるのだろう？

夕日が　しずむ山は
一つだとおもっていた

ずっと
そうおもっていた

みんな　しっているのかな……

ゆかちゃんに　おしえたい
としくんにも　おしえたい

夕日は一つだけれど
山は
たくさん
たくさん
あるってことを――

おにいちゃんのカサ

おにいちゃんのカサ
おおきなカサ

ようちえんに　もっていったら
やっぱり　いちばんおおきかった

わたしは　うれしいけど
おにいちゃんは　かわいそう

わたしのカサ
もっていった　おにいちゃん

しょうがっこうで
いちばんちいさいに　きまってる

でも
し――らない

まちがえたの
おにいちゃんなんだもんね

おかあさんになりたい

「ようちえんの　せんせいに　なりたい」
おかあさんにいったら
「いいよ」って――

「かんごふさんに　なりたい」
といっても
「いいよ」って――

ようちえんの　せんせいにも
かんごふさんにも
どっちにも　なりたい

でも　こまったな

おかあさんは
いいね
おかあさんのまんまで
おかあさんに　なれて

わたしは
ようちえんの　せんせいにも
かんごふさんにも
なって
さいごは　おかあさんになるっ！

松山《まつやま》の ひろ君《くん》へ

こんにちは
楽《たの》しく すごしていますか
私《わたし》は いつも はりきってて
ひろ君のこと
毎日《まいにち》 考《かんが》えています

わたし
新《あたら》しい学校《がっこう》で
友達《ともだち》いっぱい つくるって
さみしさかくしてた
ひろ君のこと

ちょっぴり好《す》きになってたの

――そんな　おてがみ
かきたいなあ
ひろ君に

ひろ君に　もらった
この　エンピツで――

だから
漢字《かんじ》もいっぱいおぼえてる

ぐい実《み》を食《た》べると

小鳥《ことり》のように
ぐい実の枝《えだ》には　とまれないけれど
高《たか》い空《そら》も　とべないけれど
ぐい実を食べると
小鳥のきもちが
ちょっぴり　わかる

ことしも
ぐい実を食べながら
小鳥になった気分《きぶん》！

わかります？
この気分!?

——いつか
小鳥と　話《はな》してみたい
わたしのことも
小鳥のことも
どっちもどっち
わかり合いたい——

注　ぐい実……ぐみの実のこと

気《き》づく

ねこの親子《おやこ》は
住《す》みにくい　そぶりも
さよならの　合図《あいず》も
なんにもすることなく
これまでの住みかから　いなくなった

ねこだって
一けんの空《あ》き家《や》を守り
ねこなりの
つつましい生活《せいかつ》をしていた

と
気付《きづ》いたのは
……ねこのすがたを　見なくなってから
……ねこのなき声《ごえ》を　聞かなくなってから
なんにもすることなく
とは
こんなことか

考《かんが》える

悲《かな》しいと
木《こ》の葉《は》や　草《くさ》や
空《そら》や　山《やま》が
キラキラ　光《ひか》って見《み》える

――なぜだろう（考える）

そして
こんどは　自分《じぶん》が
さみしくなって
死《し》んだかずちゃんのことを　思《おも》い出《だ》す

――なぜだろう（考える）

山の上で
かずちゃんが
光っている

みかんは小玉がおいしいんよ

「みかんは小玉がおいしいんよ
　大玉は大味なんよ」

おばさんのいつもの　おはこ言葉
みかんの汁で黄色くなった手のひらに
小さなみかんをのせて……

良いお天気の日でも
おばさんは
段々畑で
海を見ながら

みかんの木の下でお弁当を食べた
みかんの木の葉っぱと
土の匂いが
大好きだったから

おばさんと行った　みかん畑までの細く急な坂道
おばさんのいなくなった今でも
みかんの木の本数まで
わたしの心の奥には残っている

「あ――した天気《てんき》にな――れ！」

ぼくは　いそがしいとき
目が回《まわ》る

だけど
何《なん》だって　ドンとこいさ

みかちゃんの失恋《しつれん》の涙《なみだ》だって
お父さんの仕事《しごと》の疲《つか》れだって
お母さんのうるさい小言《こごと》だって

何だって
バリバリがんばって仕上《しあ》げれば
ピッカピカに
一丁《いっちょう》あがりさ

その気《き》になれば
あした吹《ふ》く風の匂《にお》いだって
包《つつ》み込《こ》める！

ぼくは　毎日《まいにち》毎日
白い四角《しかく》い体をふるわせて
ひたすらキリキリまいの
「あ――した天気にな――れ！」

伝《つた》えたいこと

ぼくらは　いつか　会えるとしても――
ぼくらは　願《ねが》えば　かなうとしても――

はてしなく　つづく　宇宙《うちゅう》の
ゆるやかな　ながれ

　　朝　と
　　昼　と
　　夜　は

永遠《えいえん》に　出会えない
ぼくらが知っている

せめて　これだけでも
それぞれの　だれかに伝えたい
朝の　初々《ういうい》しい光のこと
　　　　風のこと
昼の　まぶしい太陽のこと
　　　空のこと
夜の　神秘《しんぴ》な暗《くら》やみのこと
　　星のこと
できたら
自分が宇宙の　チリのかけらでしかないことも――

大空の底《そこ》

空は
高く
果てしなく
ぼくたちが見上げているのは
大空の底だ

太陽
月
満天の星
雲
風

そして　多くの万物《ばんぶつ》が
大空の底を
互いに支え合いながら
静かに時を伝えている

ぼくたちにもある　心の底

よくは　わからないが
ひろびろとして
すこし　うすぼんやりだが
輝いていると思う

かかし

かかしは
夜も　立っている

三日月の夜も
満月の夜も
背筋を伸ばして

へのへのもへじの
たった　四文字を使い分け

へのへのもへじの
たった　四文字を守りぬき

田んぼのかかしと
畑のかかしが
朝焼けの空を見上げて
夢を語らい
すっくと立って

思い出橋

思い出を語る時
ちょっと力を入れている
小さな橋を渡るくらいに

聞いてくれる貴女《あなた》も
私の思い出に会うために
ちょっと力を入れている

脚色《きゃくしょく》も
校正《こうせい》も
修正《しゅうせい》もなく

心の痛みさえ恋しくて
はるかな思い出は
ゆるぎない望郷《ぼうきょう》のようなもの

ちょっと力を入れないと
渡れない橋を
時々
渡りたくなる

どこで鳴くのかまた一番鶏が

夜明け前
ポッ　と
遠くで灯りが点《つ》く
あなたは　だれ？　どなた？

目を　こらしても
耳を　澄ましても

わたしには
計り知れない人の
時間だけが光り

ポッ
ポッ　と
それが増え……

一番鶏が鳴く

あれは
生きたい人の叫び
死にゆく人の惜別《わかれ》の声

どこで鳴くのか
また
一番鶏が……

〈新居浜・内宮神社　写真・戸田正文〉

（写真）戸田正文（戸田さんの長男）
国学院大学文学部卒業。日本写真芸術専門学校卒業。

詩集『ききょうの花』から

命

青い空に
雲が　ひとつ

「ひとつじゃ寂しいね」というと
「山の向こうに　もひとつ雲がかくれてるよ」
と
四さいの葉月《はづき》が真顔《まがお》でひとこと

その瞬間――

山の向こうに
白い雲が光って見えた

四年前
葉月が産まれた時のような
命が光って見えた

ゆめ

ないしょ
まりちゃんにも
ないしょ
なんでも　はなす　って
やくそくしたけど

ぜったい
ないしょ
おかあさんにだって
ないしょ

はやく
ひとりで
ねーよお

きょうの　つづきは
なにかしら!?

夢の中

空《そら》とけんかした
夢の中で
空が
「星を一つ盗《と》った」と私にいう
自分の名前が空なんだから
大空の星はみんな
　みいんな　みいんな
自分のものだと思っているらしい

気がつくと

私は　そおーっと手をのばしていた
そして
夜空の星を
いっぱい　いっぱい
　いっぱい
ならべかえていた
自分の気のすむように

空は　まだ
気づいていないと思う
そのあと
流れ星が
ゆらゆらゆれながら消えた

あれが空のいう
〝星盗り〟！
夢の中なのに
星の鼓動《こどう》が
私には聞こえていた

風を呼んでこよう！

まりちゃんの　うちに
弟が生まれた
だけど　なんだか
大きな　こいのぼりには元気ない

風を呼んでこなければ――

煙突山《えんとつやま》の
煙突を守っている
あの　淡い光のような風っ子たちがいい

でも
まりちゃんが　いつも自慢している
赤いハートのストラップのついた
最新式の携帯をなんど鳴らしても
あの　風っ子たちは呼べない

煙突山の風っ子たちは
そびえ立つりりしい煙突を
代々続けて守ってきた
誇《ほこ》り高き風っ子たちなのだから
文明の利器《りき》にだって負けやしない
　　　　屈しやしない

それだからこそ

あの　風っ子たちを呼んでこよう！

いつの日か
煙突山の煙突と
風っ子たちの遠い未来に
私達がチカラになれると
約束したなら
あの風っ子たちは
きっと吹いてきてくれるにちがいない
煙突山に　行ってみよう！

（注）煙突山の煙突…明治二十一年に二十メートルの赤煉瓦造りの煙突を立てて山根製錬所が完成した。煙突は遺跡として残り、新居浜市のシンボルとなっている。

「まりちゃん　ごめんね」

あした
まりちゃんに　いおう
「ごめんね」と

あしたも
きょうのように
白い雲がうかんだ
青い空だといいな

おねがいっ！

あしたも
きょうのように
この青い空が
消えませんように

あした
かならず
まりちゃんに
「ごめんね」という

だいこんと私

「だいこん　もって行き！」
だいこん畑の　笑顔のおばさんに
「ありがとう！」

だいこん三本かかえた
必死の顔で
だーれもいない山道を

だいこん撫《な》でながら
必死の顔で

「だいこん一本　あげよか？」
だけど
犬だもの　食べないよね

だいこんと私
私とだいこんのかんけい
それに犬をくっつけて

小春日和《こはるびより》の日曜日
だいこんといっしょに
ずっと　いっしょに散歩する

「だいこん　もって行き！」
の　おばさんの笑顔を思い出しながら

とおい古里

野いちごの季節になると
きまって思いだす幼い日の顔がある
山の奥から駆《か》けてくる汚《よご》れた顔

かお
　かお
かお

いちごのとげで刺した指も痛くない

スカートの裾《すそ》なんか気にならない
夕暮れを驚いて知った　どの顔も
夕日を見つめ　走る

私も
　私も
私も

すべるように山をおり
祈るように夕日に向かって走る
　　　　　　　　　　走る
　　　　　　　　　走る

今だけ

白い猫が歩いている
私も歩いている
同じ空気を吸って
同じ風を受けて
この瞬間の光景は

今だけ!!

なのに
猫は
何を思っているだろう

私の過ごしてきた
大切な
「今だけ」が
溢《あふ》れるように
春の日差しの中で
ゆっくり　甦《よみがえ》っている
　　　　　というのに

空を背負って

黒い小さな生きものが
広い
大きな空を背負い
どこへ行くのか
一筋《ひとすじ》の長蛇《ちょうだ》となって――

雲や
星や
月や
太陽のある

大空の下で
幸せに辿《たど》り着くと
信じているかのように
社会をつくり
生き続けている　アリ

アリ　アリ　アリ　アリ　アリ
アリ　アリ　アリ　アリ　アリ

アリ！
アリは　地を這《は》いながら
たくさんの背負っているものを
見上げたことがあるか!?

谷の野いちご

水のない谷の石垣に
赤く熟《う》れているのは
野いちご

(だれもまだ　気づいていない)

かごを持ち
そっと谷に下りる
一度も足を踏み入れたことのない
谷への着地……

不意に姿を現した私を野いちごたちが見ている
息をひそめて手を伸ばす
甘く　少うしすっぱく
野いちごの味が口いっぱいに広がってゆくなかで
大地を抱いた　谷の味さえしてきて！

（その夜　雨が降った）

水の出た谷に
きのうと同じ　かごをかかえて下りる
くつの底を水が包み
きのうとはちがう
揺れる谷へ着地……

どこにでもありそうで
どこにもない場所
私は　うっとりと目を閉じる
だれもまだ　気づいていない
雨にぬれた
谷の野いちごたち

（さし絵）片上葉月（戸田さんの長女）
京都嵯峨芸術大学日本画分野卒業。
和装デザイナー。

残されたみかん　二つ　三《み》つ

空まで
みかんが　連なっていくような
段々畑《だんだんばたけ》の
天辺《てっぺん》まで
潮風《しおかぜ》舞《ま》い上がり
いま収穫後《しゅうかくご》のこのとき
小鳥《ことり》たちのために
残されたみかん　二つ　三つ

小鳥たちは
このみかんが

濃《こ》い緑《みどり》の葉っぱに抱《いだ》かれ
黄色く　輝《かがや》いていたことを
果たして知っているか？

＊

空まで
拡がる風情《ふぜい》の
ついこの前までの
香《かぐわ》しいみかんの老木群《ろうぼくぐん》に
小鳥たちよ
いま　声をかぎりの
愛慕《あいぼ》を捧《ささ》げよう！
私の内なる胸の思いに合わせて！

おとうと

三才年下の　おとうとは
仕事に失敗して
一人
出稼《でかせ》ぎに行った
離れて暮らす私は
そのことを知らなかった

久しぶりに会うと
無口だった　おとうとは
おしゃべりで

話上手《はなしじょうず》になっていた
きっと
人中《ひとなか》で得た生きる術《すべ》だったのだろう

そのおとうとが
思いもよらず病気になった
ふたたび家族と
笑《え》みをこぼし合う時間を
過ごすはずだったのに

子どものころは体が大きくて
兄にまちがわれた　おとうと
どうか弟よ
春先の風にさそわれて

一日も早く元気になって

おとなになっても
わたしにとって
おとうとはおとうとのまんま

カラス

きらわれものの　まま
カラスは
今日も　一日を生き――

そう
この宇宙が　もえつくして
あたらしい宇宙に出会える日まで
カラスは
カラスを　生きるのか

——カアー

ああ
明けがたのカラスの
何という　まじりけのない素直なあの啼《な》き声

高い高い木々の枝に止まって
朝焼けの空に
いま見えているのは何!?

——カアー

カラスは死なない
カラスは

カラスを　生きていく！

――カアー

ききょうの花

深山《みやま》の入り口に
古い一軒家があり
〝だるま〟を描くおじいさんが
ひとり　住んでいた

空を射抜《いぬ》きそうな
大きな目玉をした　〝だるま〟の絵が
壁《かべ》の四方《しほう》に下げられていて
天井《てんじょう》に四角い空があるようだった

おじいさんが
いつから　そこに住み
いつごろ　いなくなったか
だれも知らない

一軒家の天井が抜け落ち
流れる雲と
澄んだ高い
ほんとの空が見えたころ
福をもたらす〝だるま〟だと
風のうわさが舞いはじめ

そして――

夢路のような
深山に続く細い道のほとりには
紫色のききょうの花が咲いていた

父の戦争

父が戦地に駆《か》り出されたのは三十三才
周囲の同年令で召集《しょうしゅう》令状が来たのは
父だけだった
車の免許を取得していたかららしい

でも

父は　極限《きょくげん》の死闘《しとう》の末に生還し
体験した戦争の悲惨さを
克明《こくめい》に書き綴《つづ》った長い戦記
「私のビルマ戦線」を遺《のこ》した

その中で
家族への思いは
ほんの数行
寡黙な父らしく
短い数行に思いの丈《たけ》を込めたのであろう

そして

六十八才の時に脳卒中で倒れ
寝たきり
父は　その状況においてさえ
戦いを止めなかった
十年間もの長い時間《あいだ》
（自分には一寸《いっすん》の狂いもないと

誤算《ごさん》された天からの釣り糸を
頑固《がんこ》にかわし続けたからに違いない）

母の戦争

戦地に赴《おもむ》いたことなどない母にも
母なりの戦争があった

家には
舅《しゅうと》と姑《しゅうとめ》と二人の子どもがいて
米や蜜柑を作る農家だった

戦争は男だけがした訳ではなく
父の居ない生活の中に
母の戦争があった
父は国を守るため

母は家族を守るため
同じ歳月の時間が流れた

控《ひか》え目でおおらかな母には
戦争という言葉が一番似合わない
戦中戦後を
どのように受け入れてきたか
母の言葉としては聞いたことがない
一庶民として
日々を精一杯生きていることが
戦争への抵抗だったのだろうか

父よりも年上になって
天国に逝った母は

頑固《がんこ》だった父と再会し
仲良く語らっているにちがいない
故郷の上を
二人でゆっくりと散歩したりもして

わたしの戦争

わたしは
父の体《からだ》の中で
密《ひそ》かに
戦争を見ていた……

そんな気がして
父の遺した戦記の文字や
その行間をさえ覗《のぞ》き込んだ

文字の隙間《すきま》に
文字の横に

文字の向こうに
戦争がある

戦って死んだ沢山の
尊い命の
重い息づかいが……

そんな気がして
一心に
父の遺した戦記を
こんどは　自分の体《からだ》にとりいれる

＊

戦後も六十年余りが過ぎ
父の体の中から
とりだした戦争を見て……

いまわたしは
父と一体《いったい》になる！

椎《しい》若《わか》葉《ば》

歴史を秘めた
神社の椎若葉が匂《にお》う
ふと感じるさわやかな風の中の
ヒンヤリとした冷たさ――

森の樹々《きぎ》から伝わってくる
無音の静止——

＊

まだ弱い灯篭《とうろう》の明かりを背に
私はしっかりと目をつむり
あなたの緑《みどり》の声を待っている

社《やしろ》の森

社の森は
静かでも息づいている
引かれるように森をのぞく
だれもいない

木々がいつもの姿で立っている
変わったものは何もない

それなのに
森は　いつも
私を誘ってはなさないのは

なぜ!?

『近作詩篇』から

茶猫

どこからか
猫が遊びにくる
うす茶色の体は細く
きっと
地域猫にちがいない

「あら　こんにちは」
と　挨拶をしていると

狙いを定めたのか
数日ごとに　やってくる

そして
いつのまにか
食べおわっても
ゆっくり　寝そべって
遊んで帰る

そして

そして　いつのまにか
空が赤く染まるころまで
うちの猫になった

ぶらんこ

そっと　座った
鎖も
そっと　にぎった

わたしで　よければ
ゆれて　みようよ

潮騒《しおさい》の風も　ゆれて
青い空も　ゆれて……みんなみんな

大きく漕ぐと
細波《さざなみ》の海も見え――

＊

島の廃校に残された　ぶらんこ
見捨てられた忘れ物のように
ぼつんと
だれかを　待っている
さびた鎖で

愛《いと》しき魔術《まじゅつ》

百年ほど昔
私の祖父は
納屋《なや》で草履《ぞうり》を編《あ》んでいた
と　父から聞かされた
祖父は魔術のように草履を作り
父や妹たちはその草履をはいて
走り回って遊んだそうだ

これから　百年のちの人たちは

電池の付いた靴をはき
滑るように道を走っているかもしれない
もしかしたら
電池を身体に付けただけで
空を飛び山を越え
海までも渡って旅をしているかもしれない

そのころ
空は青いだろうか……

そのころ
猫や犬やたくさんの生きものたちは
人間に愛されているだろうか……

鯛《たい》

鯛を捌《さば》く
六〇センチをこえる　重い鯛
うろこの一枚一枚は
意志を持つかのように
強く　くっつき
鋭く　光っている

青い海の

どこを泳いでいたのだろう
深い海の匂《にお》いを　嗅《か》いだとしても
鯛の一生は計れない

腹を裂き
内臓を取り除いても　なお
私の
その一部始終《いちぶしじゅう》を
澄んだ目で見ている
鯛

生きている

裏山から
さるが下りてきて　畑を荒らす
何十匹いるのだろう
手をたたいて　追いはらっても
しばらくすると　またやってくる

裏山には
いのししもいて
たまに　夜下りてくる

大きな　穴をほって
ミミズや虫を食べているようだ

さるも
いのししも　生きている
ただ　ひたすらに　生きている

人間も
生きているけれど
心が荒れるとき
人間は
人を　苦しめたりする
人を　うらぎったりする

草

引き抜かれても　根を残す
踏みつけられても
ゆっくり　立ち上がる
それが
草

わたしは
草が好き
花畑の草を引き抜きながら

それでも
草が好き

草は　土の中に根を残すから
草は　人間に　似ているから

引き抜かれても
踏みつけられても
風に吹かれながら
ゆれる草が好き

しずくちゃん

しずくちゃんは　三さいだけど
四さいになったら
いろんなことが
いっぱい　できると
目をまんまるくして　いう

いまだって
しずくちゃんが　わらったら
雲がうごく

しずくちゃんが　ないたら
どこかで　雨がふる

いまだって
いろんなことが
いっぱい　できるけど
四さいになったら
もっと
もっと
いっぱい　いっぱい
どんなことが　できるだろう

赤い　いちごを　にぎって

しずくちゃんが
いちごを　たべた
スーパーで　かってもらった
スーパーで　いちばん　大きないちご
赤い　いちごを　たべた

赤いって　うれしいね

だけど
いちごの花は　白い
山の中の
小さな野いちごの　花も
まっ白い

白いって　きれいだね

山の中の
野いちごを　さがしに
いきたいな
しずくちゃんと

希望

心は迷うとき
二つに　なったり
三つに　なったり

命は一つだけれど

心は　さまよったり
まっすぐ　すすんだり
うしろに　ひっぱられたり

命は重いけれど

心がしぼむとき
一つっきりの命の
深い深い闇の中で
あの春の陽ざしと
何とを　まぜ合わせれば
心は　迷わないで（そして）
　　さまよわないで
真実という名の
希望に変っていくのだろうか

コスモス

冬支度をした草木《くさき》と
石ころだらけの空地に
ひょろりと数本
おそ咲きのコスモスが咲いた

「がんばったね」……を
人のように
受け止めるわけもなくただ
咲いていて―

気づかないうちに
人の
息にもゆれる
淡いピンクのコスモス……
　　　コスモス……

ただ、咲いていることの
限りない清らかさが
ことばを止めて
そこに
あって――

秋子さん

コスモスを眺めている時
手紙が届いた

秋子という名前は　きらい
春子という名前が　いい
と　言ってた
秋子さんから

……病気だけど
この秋と冬を

のりこえて
　春まで生きたい……

と………

メールでもなく
電話でもなく
少女のころから変わらない
秋子さんの文字
ひとつきりの
いのちの　ぬくみ

ああ
永遠に訪れる

いとしい季節を
のりこえて
のりこえて
何度も
春の日を迎えよう
大好きな秋子さんへ

どんな草も

どんな草も
ちゃんと名前があるという
つつましい小さな草にも
りっぱな名前がついていて
大地に根をのばしている

それなのに
身近に生えている草たちの
名さえ知らない

けれど
少しもこまらないから
そっぽをむいて生きている

今日も
みずみずしい元気な草をひきぬいて
マリーゴールドを植えた
花の名前はそこそこ覚えていて……

だけど
なぜだか今日の草たちはいつもとちがう
ひきぬかれた草たちの
ああ静まりかえった命よ

つつましく香る秋風となって
私の横を通りすぎていってしまった

粉雪の舞う深夜に

ひたひたひたひたひた……
赤いマフラーを巻いた老女が
御百度《おひゃくど》を踏んでいた

体を丸め
白い髪をゆすり
息さえもが祈りと化し

ひたひたひたひたひたひた……と

鎮守《ちんじゅ》の森の

楠《くす》の木も
椿《つばき》の木も
枯《か》れかけた桜《さくら》の木までもが
一心に祈るその人を
しずかに　しずかに
見守って……おり

＊

願いはかなったのか？

＊

狛犬《こまいぬ》に巻かれたマフラーが
ほどけぬようにむすばれていた

御百度（御百度参り）…神社・寺などで一定の所を百回往復して願い事がかなうよう祈ること。

わかれるということ

音をたてずに歩き
飛ぶ蝶のように走り
草むらで寝ころんだり
高い空をながめたりと
自由でひとりぼっちで
そしてまた
かすかな風の音を聞きながら
とつぜん何かを追っていくかのように

が

ある日
長雨のあと
ヨロヨロと
わたしのそばに寄ってきて
数日後には
しずかに　消えた
ハテナは　もうもどらない

わかれるって
ねこは
もう　もどらないということなのだ

十八才

けい子さんの
悩みを知った
暗い顔の訳を知った

思わず
あれこれ
私の恥ずかしい
過去の失敗も語った

もう二人は
この先ずっと
遠く離れても
秘密を共有する
同志

その時　二人が見ていたのは
瀬戸内の島々が連なる
穏やかで青い海の景色

それぞれの
出発の朝だった

遠い日

「今が旬だから」
そう言って　いただいた

柿だったのか
桃だったのか
忘れてしまったけど

なぜか
その　ことばと
照れ笑いの顔だけを覚えていて……

すっかり遠い日になってしまった
友達以上に思ってくれた人に
もはや
お礼を伝えられない

雲一つない　よく晴れた日に
大空に向って　届けたい
心からの
お礼と
おわびを

母の声

海が見える
みかん畑にかこまれた小高い丘に
父母の墓はある

墓のまわりには草が生え
白い小さな花が咲き
たがいに　ささえ合い
風にゆれていた

一瞬

——草も生きとるんじゃけん
　ひかんでええよ
と　母の声が聞こえ
そのままにして　手を合わせた

気づくと
どこかで小鳥が鳴いて……

雲の流れる空の下
この世の私は
やわらかな早春の風と
みかんの木々の
葉ずれの音に見送られ
細い坂道を下った

追　想

父がいて
母がいて
姉がいて
弟がいて

収穫時の　みかんの木の下は
高い空のさきまで
賑やか

年月が過ぎ
老木になっても
父も母も　いなくなっても
みかんの木の下を
晩秋の風が
そっと
通り抜ける

父のビルマ戦記から抜粋

「私のビルマ戦線」　著　藤原義衡

戸田たえ子

『私のビルマ戦線』に寄せて

秦　敬

極限の中にあって、人間はかくも強く生き得るものか。この膨大な記録を読み進めながら、私はしばしば感嘆の吐息を漏らさざるを得なかった。

「筆舌に尽くし難い」という言葉が有る。藤原さんがくぐり抜けてきたこの戦争体験は、文字どおり筆舌に尽くし難い過酷極まるものであった。しかも、それをじつに克明に書き綴った筆者の心の強さと、確かな筆力にはただただ感服するばかりである。

私は、藤原さんとは面識も無い。ただ、その愛娘、戸田たえ子さんが私達の文学サークルの仲間であるというご縁で、この「戦記」の存在を知っただけである。

そんな私が序文などとはおこがましいことだと思った。しかし、私はやはりここに拙い言葉を綴らざるを得なかった。ぜひ多くの方に読んでもらいたいとの思いが、我がことのように湧いてきたからである。

人は、あまりにも悲惨な体験は、記憶から消したい思いが強い。しかし、筆者は敢えて目を背けないで、しっかりと直視し、美化もしなければ、誇張もせず、客観的に細部に至るまで事実を描写している。その記憶力にも一驚を禁じ得ないが、そこには赤紙一枚で、理不尽な権力に駆り出された一庶民の憤りが、執念として冷たく燃えていることを感じさせる。戦争がいかに人間を破壊し、庶民こそがその犠牲になることをこの書は示している。筆者は、この戦記の原稿に『雨と山と餓死者と収容所』と仮題を記している。雨期のビルマ戦線は、まさにそのとおりであった。この題名からは、どの言葉をも除くことはできない、筆者の痛切な思いがこめられている。

「平和憲法」が邪魔者扱いにされ、戦争をカッコイイと思わせる世論操作さえ感じる昨今の風潮のなか、この書の感動によって、自分の「生きる」ことの意味を思う読者の多からんことを念じてやまない。

戸田たえ子さんの孝養深い気持が、幾多の困難を越えて本書を世に出す運び となった。今、病床に在るという藤原さんのご長命を心から祈るものである。

（桃山学院短期大学教授）

〈ビルマ戦記の表紙〉

父のビルマ戦記から抜粋（一）

——召集令状——

昭和十八年六月一日
澄み切った空は風ひとつない
大東亜戦争勃発以来一年半を過ぎていた

「来たぞ」
沈痛な声で召集令状を差し出す父親の顔は
真剣そのもの
令状を受け取った私も思わず歯をかみしめた

……私には軍隊教育がない
……年令がいき過ぎている
……果たして立派な御奉公ができるだろうか？
心の乱れが走馬灯のようにくるくる回る

……入隊したら　どの方向へ行くのだろうか？
……前線だろうか　後方だろうか？
……寒い所か　暑い所か？
……大陸か島か？

六月七日　家族や近所　親せきの人達に見送られ
二人の伯父に付きそわれて善通寺の旅館に入り
十日　大雨の中　二人の伯父に別れを告げて
目出度く二等兵になることができた
我々三班は四国四県から召集を受けた者で
幾分か自動車に経験が有る者が多く
奉公袋と私物被服をまとめた時
初めて
『我が家よ　さらば！　二度と会えまい……これが別れか？』
と思った

二等兵の我々が
人間らしい感じがしたのは　二、三時間であった
人間から
「一銭五厘の葉書」と言われるようになったのは
その翌日からである
新兵は煙草をのむひまもない
毎日泣き面に蜂と云う日が続いた
戦いのための召集であるものを
ここに大きな無理があった

こうして父母と妻と二人の子供を残して
私というＤＮＡを体内に持ち
三十三才の父は戦争に行った

父のビルマ戦記から抜粋（二）

――初年兵教育――

「起床！　起床！　起床！」
大声で不寝番の声が響く

一度に十人程ずつの洗面所に
二百人もの兵隊がつめかけ
本当に顔を洗った連中は四、五十人そこそこ
以外の者は指の先に水を付けた程度で
矢継ぎ早に指名される学課教育に
はらはらしながら点呼場に並ぶ

今度は恐ろしい助教が
食事最中に又、学課質問をしてくる
質問は班内十五名の新兵にびしびし指名してくる
食べてよいやら悪いやら……
補充兵達は汗を流し
小さくなって身をふるわせながら
食べたか食べぬかわからないような朝食を終わる

軍隊は全体責任という小罰則があり
助教は笑いながら
「対抗ビンタ始め！」を命じた
納得いこうがいくまいが　ここ軍隊は別世界だ

仲の良い新兵同士が一生懸命なぐり合う
「教育のためなら　どんなことをしてもよい！死んでもよい！」
助教は威張り返って見ている
言語道断で全く正気の沙汰ではない

当時　坂口兵団長の命令で
私的な制裁は禁じられていたが
悪い助教や下士官になると
青竹で叩いたり　突いたり　蹴ったり
あらゆる無謀を平然としてやり
生気を失ったような兵隊の顔は　見るも哀れである
問題は　程度の問題であり
軍隊の悪いしきたりは最後まで循環した

一人前の人間が珍しくもないビンタで正気を失い
自暴自棄になる……
非常時とはいえ明らかに軍隊教育の欠陥

父のビルマ戦記から抜粋（三）

——野戦行き——

三十名の志願者は
意味を書かずに面会を故郷に知らす者
一泊二日で帰れる者は帰郷する　など
寛大な日が続き　出発の日を待った

数人ずつ民家宿営をした我々補充一等兵は
門司港より
六千トン級の船　玉山丸に二千人近い兵隊と乗船し
船団は九州の山々を後に南へ向かって出航した

船は揺らいで木の葉の如く
風で名高い　澎湖島は潮風と濃霧で　霞んで見える
いつのまにか船団の数は増え　二十八隻の大船団
風も静まり台湾　高雄に入港

沖あいには　大きな汽船が魚雷の犠牲になったのか
海中に突っ込み　船尾が海中に突っ立っている

三日間の停泊中
バナナや砂糖キビを買い込み
潜水艦と飛行機の護衛で　一路サイゴンへ

またまた　風はものすごく
船は揺れに揺れながらジグザグ行進
絶えず進行位置を変えている
潜水艦は　船団の周囲を回って監視を続け
飛行機は　船団上空を警戒飛行しては帰って行く

船団から離れ
サイゴンに着いた我が玉山丸は
メコン川を上ること数時間
日本軍船の着く港
サンジャリの岸壁を眺めて停船した

初めて見るサイゴンの街を兵舎まで行軍
一人前の兵隊になった気がしたが
一人の寝床は四十センチという狭さ
重なり合って寝ないと寝られない
「きついきつい」の連発だ
あちらこちらに大勢　落ちたまま寝ている

朝　窓越しに見るサイゴンは
戦時風景で
並木通りには人影が少ない

一期の検閲が終わるまで
一生懸命軍隊教育を受けての野戦行き
軍歌の練習も毎日して　金刀比羅参りも度々した

父のビルマ戦記から抜粋（四）

——サイゴンからラングーンへ——

軍靴の音も高く
各隊毎に外国の町を見物に出た

チンチン幌馬車が走っており
立ち並ぶ粗末な店には
珍しい菓子や果物が並べてある
兵隊にとっては　内地を出てから初めての買い物
大きな慰安となる

サイゴン宿営は三十二日間で　出発の日はきた
プノンペンからチュンポンに渡り
夜明け方上陸して　カホハージーまで行軍
初めて野営する土地だ
山の頂上で点呼をとる
東に向かって皇居遥拝　護国の英霊に一分間の黙祷
追及を目指す大本中隊は　どこにいるのか誰も知らない
理由も知らぬまま　追及隊に追及して行く我々であっ

た

足は大きく腫れ　重傷者は日増しに増えてくる
炎熱激しいゴム林の牛車道を
完全武装で明け暮れ　行軍を続ける
疲労し切って姿勢のくずれた行軍にも
待望の列車輸送の日がきて　一同小躍りして喜んだが
内地出発以来初めて　南一等兵がマラリアにかかった
南一等兵をバンコックに残し
列車はゴトゴトと何日も走って　ラングーンに着く
昭和十八年十二月半ばを過ぎていた

ラングーンの夜
空襲のサイレンが薄気味悪く鳴り響き
敵機は爆弾の投下を始めた
近くに　ドカンドカンと投下する
探照燈が四方八方から　これをとらえたが
高度六千メートルで敵機は巧みに逃げ回る
友軍機も飛び上がり　敵機は完全に敗走した

十九年の正月を異国に迎え
山砲隊　工兵隊と少人数の我々輜重隊全員
皇居遙拝　英霊に黙祷を捧げた

天皇陛下万歳と乾杯を終わり
お粗末ながらも内地を思わせる御馳走に
兵隊達の顔は一様にほころんだ
生涯忘れ得ないであろう　ラングーンの正月

サイゴンからプノンペン　チュンポン
カホハージー　バンコック　そしてラングーンへ
召集令状を受け取ってから七ヶ月が過ぎていた

父のビルマ戦記から抜粋（六）

──中隊の前進（親友山上の戦死）──

雨のアラカン山脈で　中隊前進の命令が下った
ビルマは雨期が烈しく　いたる所に川ができている

自動車隊に入隊して
技術のまずい兵隊の多いのには驚いた
平地や安全な所では古兵が運転し
危険な場所は我々がした
教育してくれる者は　書物で勉強した上司で
実技が備わっていない
かくして　自動車隊の苦労はなみ大抵ではない

昭和十九年四月十六日
宿営地偵察のため
上田上等兵と私は　白昼運転で前進し
ラム周辺の一角に宿営地を見つけ　中隊長に報告した
その日から　私は【熱帯性の悪性マラリア】にかかった
四〇度の高熱が数日間続き　水も臭くて飲めない
十九日目にやっと
米粒のまじった重湯が飲めるようになった
松本衛生兵長が一人いるだけで　軍医はいない

自分の寝ている自動車が目標となって
敵機は二〇ミリ機関砲で　どんどん撃ち込んでくる
ニッパ椰子の中に逃げ込んだところ
薬きょうが椰子の葉をたたくように落ちて来る
椰子の葉越しに敵機はと見れば
爆撃機も混じって痛烈な爆撃だ
五百メートル程離れている修理班付近を目標にしている

この時　私は親友を失っていた
門司港で一緒に民家宿営をし　互いに身の上話をして
骨を拾い合う事まで約束していた友
二〇ミリの銃弾は　右横腹から斜めに左あごに抜けた
頭が半分ふっ飛んで無くなっていた
召集以来　慰め励まし合ってきた親友山上は
永久に消え去ってしまった

たった一発の機関砲弾に散った戦友は

ミョウホンの道端に埋められた
道行く戦友たちが
一輪の花を手向けてくれるだろうと………

立派な戦死として
二階級特進の陸軍報重兵兵長と　墓標に記されようと
戦友の早すぎる死に　無念な声が腹の底から湧き出てきた……

父のビルマ戦記から抜粋（七）

――A部落に移動した我が中隊――

親友　山上の中隊葬が終わった翌日
上田上等兵と私は　ミョウホン郊外のA部落に走った
十数車両と一個中隊の宿営地変更のためだ
この部落には
マンゴ　ドリアン　パパイヤ　ミカン　南方梅など大木が茂り
大きな川の水はゆるやかに流れている
広範囲の遮蔽地と部落民の民情も調査した

自動車の音で部落民が大勢集まって来て
珍しそうに我々を見ている
彼らは愛嬌を見せ　子供たちは後からついて来る
「アメー」（お母さん）と呼んでみたところ
婦人は喜んで
「チュニノーホース」（私の家まで）というので
婦人の家に行った
家の前には　主人と大勢のビルマ人が立ってニコニコ笑っている
婦人の家は　この村の村長宅であった
村長夫婦は喜んで　菓子とコーヒーをご馳走してくれた
ビルマとしては　この村は大きく
民生指導部の働きが徹底していたため
日本軍を信用していたらしい

翌日から大勢で設営準備にとりかかった
竹の柱にニッパ椰子の葉で作る堀立小屋で
山根隊長指揮の下
我が中隊は　ここに移動完了した

宿営地に慣れてくると　古兵は補充兵達に気合を入れ始めた
毎日　無理難題を吹きかけるのだ
馬鹿な古兵はおもしろ半分に
補充兵の銃口に　そっと砂を入れておく
補充兵は何も知らず
若い古兵からパンパンとビンタを受ける
何とかしてこの制裁を免れようと
古兵の水筒に酒を入れる者……
ビルマ人から何か買って出す者……
薄給の補充兵達は精神的にも物質的にも追いつめられる

時はビルマの雨期前
兵舎の増築　排水壕　自動車壕と
懸命に作業が続けられており
明日をも知れぬ戦場で　古兵に苦しめられながら
補充兵達は哀れにも　古兵の顔色ばかり伺っている

夜も消燈まで補充兵達の気は休まらなかった
この哀れな姿を内地の人に見られたら……と
毎夜のように泣き面で話し合った

父のビルマ戦記から抜粋（十）

―十八名の大本残留隊―

中隊主力の出た後の淋しさは　全く火の消えたような淋しさだ

それから　七日目の朝
不思議にも炊事場に〔お守り袋〕が落ちていた
五体の〔お守り〕が入っていて　石鎚神社の〔お守り〕

だけが無い
誰かがすり替えたのだろうか……私の〔お守り〕は六体だった
その時　故郷から私宛の手紙一通を手渡された
ああ　神は我を守ってくれる
出発の時　石鎚神社の〔お守り〕を下さったお婆さんが
「お守りを落とした夢を見たので　早速お受けして来たから
戦場の兄さんに送ってあげて下さい」と書いてあった
これで六体の〔お守り〕が揃った
神通力という他ない
力強い自信が体中に漲り　全神経を充実させた
残留隊の我々は　心細く危険も増すが無茶な暴力は無く
残留隊長の下に　思い思いに魚釣りをしたり
コンニャク玉を掘ってコンニャクを作って食べたり
昼は軍務に　夜はサルイン川に興じながら

後方転進の命令を待っ明け暮れであった
しかし
待てども完備した精鋭師団の来ない事もうすうす感づき
戦況が日増しに悪化している事も分かってくる
インパール作戦の失敗も聞かされた
雨期も終わり
遂に残留隊にも「十車両の自動車を持って下れ」との命令
ミョウホン一帯の残留隊を合わせて一個師団を編成し
長い間世話になったこの部落と別れる事になった
善良な部落民に　別れの際まで気づかれぬようにするのは辛い
各自それぞれに
世話になったビルマ人の家に何食わぬ顔で遊びに行き
心の中で礼を述べ……無言の内に別れを告げた
この村へ来て　始めてモン少年にドリアンを貰った時

を思い出す
美しいグリーンバナナも貰った
モン少年の父母からは弁当やマンゴも度々貰った
切ない思いでモン少年を自動車に乗せ
存分にドライブを楽しませた

翌日いよいよ出発の朝
真っ青い顔をしてモン少年が走り出てきた
「おおモン君さようなら
シッテンバレー（有難う）シッテンバレー」
これが別れだ　もう逢うこともあるまい
少年の母親と父親　親子三人の眼には涙が光っている
先頭車に乗った私は前進前進の声に　やむなく発車した
あの長い間　手厚い世話になった両親に充分な礼も言い得ず
一路ミョウホンへ向かう私の心は重く苦しいものだった
珍しいイボイボのドリアンを貰って　一円の軍票を出すが
モン少年の父親は受け取らない
それから　モン少年一家と親しくなった
父のビルマ戦記から抜粋（十三）

――干城兵団ポパ山に進撃す――

我が部隊の三十三名一個小隊も配属されて行くところで　青年将校森下小隊長は自動車経験がない
自動車に経験のない中尉が自動車隊の小隊長なのだ
残留隊で苦労してきた大本曹長残留隊長は
自動車隊の人選に私の名前を挙げ
遂に私は兵団配属となったのだった
自動車は性能の悪い古びれた車輌が十車に過ぎず
干城兵団一千余名の戦闘を意のままに戦力発揮できるだろうか…

兵団が何百キロもの最前線ポパ山に進撃するのは
何のためだろうか……
それは我々の想像も及ばない大作戦だった
……戦闘不利で撤退作戦だったのだ

困ったことに
これで前線へ行くのかと思うほど
一番性能の悪い自動車が私の車に決まった
タイヤの破れは応急修理しているだけでエンジンから
は火を噴く

干城兵団出発の日は来て
一路ポパ山目指して前進した
そして私は　エンジン不調のため一時間も遅れて出発
し
……行く道……止まる道で……暗い夜道で……
汗と油でどろんこになって修理をした

夕方の銃撃で焼けた民家の柱が　まだポロポロ燃えて
いる
暗い夜行軍はナタリンの町を通り過ぎ
幾日目だったかエナンジャンの町に入り
兵団は長蛇の列を作ってポパ山へと進んだ

我々は兵団の物資をポパ山に送り
エナンジャンの高射砲隊の隣に自動車を偽装し
二、三軒の空き家に分宿した

エナンジャンは石油の産地で
数知れぬ櫓が立ち並んでいる
霞む砂丘一面に　鉄櫓が林立して
誰もが一様に眼を見張って感嘆する

町はずれに大きな川が流れている
この川には黒いタイルのような物が沢山浮かんでいて
それに点火すると黒煙をあげて燃えて流れる
戦禍の跡は痛々しく町の建物はほとんど破壊されてい
る

百万ガロンの大タンクが爆撃で焼けただれ
今は地面の邪魔物となっている
……実に惨憺たる情景である

これで前線へ行くのかと　途方に暮れるほど動かない
ボロ車で
修理のため小休止も大休止もなく苦悶の日が続いた
……

父のビルマ戦記から抜粋（十四）

――エナンジャンの自動車小隊――

エナンジャンには我が部隊の二中隊が居て
我等の干城兵団は救援のために来たらしい
ポパ山に立て籠もった一千余名の兵隊は　水も食糧も
無い
小さい山に防空壕を掘って　この地を死守するのだ
よって　夜間ポパ山の友軍に懸命の輸送を続けるが
友軍機を一機も持たない地上部隊の我々は
日夜　敵空軍に悩まされ通した

小隊の炊事場勤務の私は
車の修理もし　夜間ポパ山に行動もする
隊内に自動車の熟練技術者が少なく
私の仕事は拡大し加重するのだった

しかもエナンジャンの炊事場の責任は格別で
遮蔽物のない小高い所に車壕を掘って
見晴らしの良い外人の住宅を利用している
「煙が見えたら全滅だ」上官からの注意
それでも毎日　二度は煙が出る
全身を耳にして　火を焚きながら煙を消すことばかり
考えていた

午後二時　危険な日中行動を強行して
森下隊長を乗せ
後方の経理部に干城兵団の軍用金六十万円を受け取り

に行き
マグエーで敵機来襲　原住民の防空壕に逃げ込んだ
薄暗い防空壕の中で
「山下大将が比島で苦戦に陥っている」と聞く
意外な事で　ならばこの大東亜戦争は勝利に終わらない……
私は　今の今まで戦いが不利になるとは思っていなかった
あくまでも作戦上の事で　負けはしないと思い切っていた
不安の中　敵機はしきりに爆撃している

おんぼろ自動車をやっと一台動けるように組み立てて
一路ポパ山の坂道をのろのろと……
ひどい道では　ドアが落ちたり　ボンネットがはずれたり
ラジエーターの水も漏れる
ようやくにして目的のポパ山に登り切った　その時
実に危機一髪

砲は三門　砲口は我に向かっている
敵戦車と思い込み　砲撃するところだったのだ
一同無言のまま　唯々果然と黒い影が立ち並んでいる

その夜のうちに
戦傷兵を数名乗せて一目散にエナンジャンに帰った
ポパ山地帯の兵隊は死闘そのもので
我が山隊こそは　友軍の生命線なのである

実に危機一髪……
ほのかに人影が見える程度の暗い夜中とはいえ
互いに安堵した

父のビルマ戦記から抜粋（十六）

――敵の重囲に陥る――

日夜増強しつつある敵軍に引き替え
我が軍状は戦況不利　敗色歴然としてきた

時は昭和二十年四月十八日の昼過ぎ
エナンジャンの町の要所要所に火の手が上がり
空は次第に黒煙に覆われていく
上田、上村兵長　雲井、土田一等兵と私の五名に
「後方のマグエーに向かって撤退せよ」との命令
二ケ月間死守したこの地に　名残りを惜しみながら出発した
友軍か　敵軍か　しきりに砲声が響いてくる
マグエーの空は敵機が乱舞して　一瞬にして敵陣と化した
「自動車は焼き捨て　勝手に行動をとれ」との命令
今さっきまで自動車を焼けば命がないとさえ思っていたものを
しかも重要滞荷を満載している車だ　躊躇せずにはいられない
上村兵長のマッチを持つ手はガタガタと震えている
今はこれまでと……

五人の兵は危険も忘れて　円くなって火を付けた
暑いビルマの午後完全武装で濡れ鼠のようになった我々は
大きな河の河下へ不安におののきながら　ひた走った
その夜は　河の中州の草むらで疲れた体を隠して寝た
……落武者の悲哀をしみじみと覚えた
数日後の夜　河筋を下がって来る友軍の一隊を見つけた
百名前後のイラワジ河輸送隊だ
長蛇の兵列が星明りに淋しく浮き出されると　ものの哀れを催す
ペグー山系を踏破してシッタン河を渡らなければ
本隊に追及できない
もはや後続部隊は来なかった
ここが最後尾集結場所だったのだ
ビルマ戦線は　我が軍の負けらしい

ペグー山系を踏破する初日がやってきた
パラパラ雨が降って「八ケ月目の雨」だとか　兵隊を
喜ばせる
しかし　ビルマの雨期は四ケ月位降り続く
雨期の行軍が大勢の犠牲者を出した

兵隊の顔色も次第に青黒くなり
頬骨は高くなって人相は変わっていく
不運にも私は　悪性マラリアが再発して四十度の高熱
が出た
……皆は俺を捨てて帰るだろう……
町を荒らした罪は自分一人にかかってくる……
憤怒に燃えたビルマ人になぶり殺される……
是が非でも皆について歩かなければ……
「自分は最後尾を行きます」
よろめきながら敬礼して
二本の杖をたよりに空背嚢をだらしなく背負い
高熱を押して皆の兵隊に続いた

大空襲の下で　なすべき術もなく無念の涙を流し
命より大事にしてきた愛乗の自動車に火をつける
四十度の高熱の中　男の意地で体を支え……皆につい
て行く

父のビルマ戦記から抜粋（十七）

――悪性マラリアに苦しむ――

四十一度の高熱で　自分の歩く道さえ見えない私は
前を行く兵列をおぼろに見ながら　無我夢中で行軍す
る
両足は大きく膨れて　手足はだるく抜けるようにジク
ジク痛む
雨に煙る山並を眺めると
深山のペグー山系は果てしなく続いている
毎日の難行軍と叱責の中　小田一等兵が脳障害を起こ
した

急に無口になって　話しかけてもぼんやりと雨の中に
立っている
励まし合ってきた良き戦友が……哀れである

私も
今や手足の自由も利き難く　軍人ルンペンのように
なっていた
銃をかつぐ力も出ず
古兵から叱られても叩かれてもどうする事もできず
情けなくも　ついに私は隊列から落伍してしまった
古兵達は狂った小田一等兵を連れ　雨に霞む山道を
下って行った

一人になった私が　よろめきながら橋を渡ろうとした
時
泥沼へ落ち込んだ兵隊が　死の断末魔で片手を差し伸
べ……
声をかすかに救いを求めている
しかし

私も何もできず……哀れ戦友の頬には涙がキラリと
光った

真っ暗な雨の深山で
まざまざとなつかしい故郷の事を思い出す
……彼等は家の中で　ふとんに丸くなって寝ているだ
ろう
……俺がこうして苦しんでいる事は誰も知らないだろ
う
……死にたくない
……部隊に追及して日本に帰りたい

奇蹟か
発熱して二十日も食べられなかった私が
食べ物が欲しくなってきた
一匹のカタツムリを捕って食べ
雨期で発生している筍も採ってはガジガジかじる
熱は下がっても　痩せて杖なくしては歩けない
青草で食えるものを求めて歩いていると

一人の兵隊が死んでいて　十メートル位横には牛も死んでいる
人も牛も斃れる所まで歩いたのだろう

寂として声もなき深山は
次第に暗くなり物凄い驟雨がやってきた
眠れぬままに　思い出は走馬燈のように明滅する
ペグー山系撤退の戦友は
今どのあたりまで転進しているだろうか
後方の大部隊や師団司令部は
どこでこの雨期を過ごしているだろうか

おお自分は今　この山中の大木の下に唯一人
ルンペンの行き倒れの恰好で　体はチリチリ痛む……

　　早く元気になって　銃や剣を拾って
　　剣は腰に銃はかついで軍装を整え
　　部隊に追及したいものだ……と
　　深山の大木の下にただ一人　寝たまま考える

父のビルマ戦記から抜粋（十九）

――精根尽きて中隊から落伍――

寒い雨の夜は明けて
険しいペグーの山道を恨めしく睨んだ
行く道行く先に兵隊の捨ててある作業服を拾って着込み
手榴弾二発と〔お守り〕を腰にさげ
千人針を頭から首に巻き付け　脚にもボロ布を巻いた

細い急な坂道まで来ると　九名の兵隊がしょんぼりと立っていた
坂の中程には　一人の兵隊がすべり落ちて雑木に掛かって死んでいる
登ってはすべり　すべってはすべり　困り果てている
私も坂を見上げて　胸の内は重苦しい威圧におびえた
それでも　ふらつきながら先頭切って十メートル程登った

そこで杭二本を水筒で打ち込み　雑木の枝を見ると
一枚の手帳の紙が絵符のようにヒラヒラと結び付けら
れていて
「この坂は乙女坂と名付けるこの坂登れば甘酒をや
る」と書いてある
さらに十メートル位登ってみると　又一枚の絵符があ
る
「この坂越ゆれば　看護婦の誘導で各自の県の宿舎に
行け
甘酒温めて看護婦が待っている」とある
いい知れぬ嬉しさがこみあげてきた
後ろを向いて言い伝え　杭を打ちながら登って行った
だが　荒漠たる山又山に
ただただ一筋　軍隊通過のぬかるみ路が眼に沁むばか
り
雨に煙る奥山に「愛媛宿舎」も「徳島宿舎」もある筈
がない
兵隊達は勇んで次々に全員無事に上がって来て口々に

「温かい甘酒には力が出たねや」
「杭を打ってくれたので助かった」と
喜びに酔うて　目はキョロキョロと「宿舎」をさがし
ている
あの絵符は気転の利いた将校が兵のために書いてくれ
たのだろう
翌日もその翌日も難行軍を続けて　又我が隊に追及で
きた
行軍の列に加わると　乙女坂の険難にかわる三途の川
が待っていた
恐ろしく濁流渦巻く川幅十メートル位の川に
大木を倒して一本橋が掛けられている
私はヨロリとよろめいて　橋からすべり落ちた
……落ちる時夢中で橋にしがみつき足は激流に洗われ
ている
……必死に満身の力を入れて
前後二人に助けられて命拾いした

時は昭和二十年七月半ば
又しても　衰弱しきった私の体に熱が出てきた
……険しい山道……雨はドシャ降り……
手足はブルブル震えて歩けない……
気絶していたのか……中隊が何時前進したのか……
何も一切わからなくなってしまった

日々に細る体は　血肉を消耗して歩いている
倒れて記憶を失っても　神の加護を受けて生きていた

父のビルマ戦記から抜粋（二十）

――最後尾収容班の編制――

中隊から三度目の落伍をした私は
極度の疲労と体の痛みに
身動きさえままならず呻いていた
ここが自分の死に場所となるのではあるまいか……
故郷の事が次から次へと浮かんでくる

ほんのり明るくなった夜明け
杖にすがって草原の坂道を下ると
降りそそぐ雨の中　一人の兵隊が大の字になって倒れている
後からやって来た元気な兵隊は　倒れた兵隊を見やり
その腕から素早く時計をはずし取り　眼鏡もひったくった
兵隊はかすかな声で「まだ生きている……」と一言
ああ何たる無情

山を下れば友軍がいると　ここまで辿りついたのに下はすでに敵……
といっても上は今まで難行軍を続けてきたペグー山系……
さっきの兵隊はどこを目指して行ったのだろうか……
この気の毒な兵隊は何時死ぬのだろうか……
自分はどこへいったらいいのやら……

奇遇なことに
自分の村で教員をしていたことのある兵隊と出会う
「小休止中　居眠りをして一人取り残された」と言う
二人は木の根を枕に横になり　故郷の話に花が咲き
暗い雨の山も忘れて闇の中で　互いに微笑みあって
眠った

しらじらと夜は明けて　矢のような雨の中
上から六人の落伍兵が下りてくる
あてもなく雑木の中を食糧を求めて歩き
千人針の布に包んだ獲物は
蛇一匹　蛙四匹　水蟹四匹　鳥の子三匹
帰る途中一人の兵隊が大木の根元で死んでいる
そのカバンには二合位の米と少量の塩が入っていた
次々と上から下りてきて　今では十一名となった落伍
兵達のために
この米と塩を貰って帰る

鳥の頭や　小蟹の足まで綿密に分配しないと
兵隊達の痩せた大きな目玉が異様に光る
食べ終わると「十五日目」だとか「二十四日食べなかった」とか
互いに絶食の日数を手柄のように話し合っている

いずれ劣らぬ衰弱者揃いのグループは十四名になり
一団の行動をとるために　井月義春を班長に決め
ここに最後尾収容班が編制された

同郷の元気な秋一さんは三日後に一人で山を下って行く
最後尾収容班は暗く冷たい雨の山中で
ひたすら敵陣突破をめざして編制された

父のビルマ戦記から抜粋（二十三）

——可惜、班長の戦死——

最後の一本のマッチで二つの飯盒の飯を炊き　向い

合って食べた
衰弱のあまり噛み合わす歯に力なく　舌も食道も力乏しく
口中の飯は　口外に出るのと喉に入るのと二手に分かれる有様
「全く不思議だ君のようになっても体を支える力があるのか
全くもって感心だ君の身体は骨と皮で頭の髪は抜け払って
まるで地獄の絵にある死人のようになっているけどねえ」
班長はほめているのか　くさしているのか……
飯が邪魔で言葉にならない

ようやく飯を食べ終わったその時
十メートルほど前方に
ビルマ自警団三名が銃を構えて立ち撃ちの姿勢だ
ダダダーン……
敵に二、三発撃たれて二人は応戦の引き金を引いた

撃ち終わったビルマ人は　我先にと逃げて行く
「藤原君藤原君」
班長が重苦しい声で何度も呼んでいる
静かな　しかし底力のある声で
「やられたわい」と指をさす
見れば左胸から右大腿関節に一弾が突き抜けている

「短い戦友であったが
この二十日間程は生きて出来ない難しい行軍であった
その間に二十数名の兵隊が次々に死に　君一人になってしまった
この惨状を国民に訴えてくれ……ありのままを間違いなく……
不忠な戦友は一人もいなかったのう藤原君……」
気丈な班長も両眼にいっぱい涙をたたえ
二人は固く抱き合って体を震わし男泣きに泣き入った
無念の二人に　雨は無情に降り注ぐ……
何時か皆を励ますために歌った歌を　今一度歌ってく

れと言う

　あー軍服もひげ面も土にまみれて何百里
　苦労を馬と分け合って遂げた戦も幾たびぞ
　あーあの山もこの川も赤い忠義の血が滲む
　国まで届け暁に　あげる興亜のこの凱歌

光る涙が二筋三筋　班長の頬をぬらして流れて落ちた
仰向けに寝ている班長の傷口には　小さなうじ虫が動き出した
気丈な班長は
「東はどちらか」と聞き
低いがはっきりと
「天皇皇后両陛下万歳……大日本帝国万歳」と叫んだ
それきり　班長は二度と「藤原君」とは呼んでくれなかった
どんな事があっても生き延びて部隊に追及すると誓ったのだ……
今自分がここで死んでは　班長はきっと迷うであろう……
命の続く限り俺は歩かねばならぬ……

　死を直前に迫られている班長が
　気力一つで話をしている姿は
　生涯を通じて二度と見られない立派な態度だった

父のビルマ戦記から抜粋（二十四）

——ビルマ人民裁判にかけられた私——

雑木の茂る深いジャングルの中から死臭がして
中をのぞくように入ってみると　七人の兵隊が死んでいる
水の少ないこのジャングルの中に一人ずっ入って死んだのだろう

歩き疲れて休んでいると老人と一匹の犬がやってきた
ビルマ人の部落では老人や婦人が大勢迎えてくれた
「東京戦争は八月十四日で終わりました」
「日本兵は　銃も剣も取り上げられて捕虜になってい
ます」
「爆弾を沢山落とされて日本国民はほとんど死んだそ
うです」
私は全く息詰まる思いで自分の耳を疑った
私は何のために苦労してきたのか……
戦争に負けたとは残念だ……

ところが一夜して大変なことになった
四日前　襲撃されて撃ち合い班長が戦死した　あの時
の男が
この村の村長であった
「ビルマの家を荒らしただろう
お前は我々に発砲した悪い兵隊だ」
と厳しく詰め寄られ　遂に私は銃殺刑の重罪を言い渡
された

こうなったら仕方がない　絶体絶命だ……
その時
最初に優しくしてくれた三人の婦人が銃殺に反対して
くれて
一先ず警察署に連行となった
私は平然として　これまでのことを簡単に話し
毎日行軍でようやくここまで来た　と答えると
「ポパ山にいた日本軍人なら立派な日本軍人です　長
い間御苦労です」
何だか呆気なく部落に帰された

やれやれ……疲労し衰弱している私は
髪はバラバラ抜け　歯は全部動いている
婦人達は　十センチ程も伸びた髪を二人がかりで散髪
してくれ
小さな鏡に私の顔を写して見せた
「地獄の幽霊のような顔」が写った
私を銃殺刑にしようとした村長夫妻に連れられて村を

出た
一人の男と少年もついて来る
男は銃を持ち私に向けておどし続ける
婦人と少年が帰ると
村長は大きな青竹で　叩いたり突いたりする
私が倒れると　早く起きろと滅多打ちにする
私は　これ位苦しい目に遭ったことはない
身も魂もいやという程痛めつけられて
よろめきながら広い街道を一足一足歩いた

しばらく行くと
五人のインディアンの兵隊が出て来た
そこは　連合軍憲兵事務所であった

とぼとぼと引かれ行く哀れな日本兵に同情して
ビルマの婦人達はお菓子やお茶を差し出してくれる
彼女達の親切は身にしみて有難かった

父のビルマ戦記から抜粋（二十五）

――私にもついに連合軍投降の日が来た――

憲兵は　戦争に負けて投降した自分に優しくしてくれる
不思議に思い何故かと問うと
「これほどまでに痩せて衰弱していても礼儀を忘れていない事」
……と言って救護班に連絡をとり
汚い体を洗ってくれ傷の手当てをして　収容所に案内してくれた

だが日本兵は一人もいない
眠ろうとしても眠られず
私は不安でたまらなくなった
「どうでもこうでも日本兵のいる所へ行きたい」と願うと
僅か一夜の友に過ぎなかった二人の衛生兵は自動車を

回してくれ
「友達友達」と日本語で手を振り
銃を差し上げ別れを惜しんでくれた

新しい収容所には　日本兵十五人　女子五人がいた
兵隊は誰を見ても栄養失調で痩せ衰えている
いずれも山中に彷徨い　飢えと闘い
気力でやっと辿り着いた者ばかりだ
それなのに
敗戦処理に日本国から来た要人は私達の所へ来て
「お前達はどうして今まで生きてきたか　何故早く死なんのじゃ
隊長から自決用の手榴弾を貰っただろう」と言って帰った
余りにも無慈悲な言葉が悲しかった

この収容所も閉鎖となり我々は第三収容所に移され
五十人ほどの兵隊が収容されていた
竹の柱にニッパ椰子の葉で屋根を作り　竹の寝台があった
お粗末ながら日本人医務室もできていた

一日に少量の飯が二回配給され　副食物は味噌汁一杯
哀れにも　飢えに疲れた兵隊は食べる事だけに懸命で
順番を待って配給を受けるが　私も杖にすがって最後尾に並ぶ
あー生きんがための悲しさよ
飯を食べずに元気づく方法はないものか

このままでは餓死すると　小鉄上等兵は逃亡をささやく
「ビルマ人の家へ行けば何とかなる」
そう言って彼は闇の中へ出て行った
監視のインディアン兵に見つかればその場で銃殺される……
心配しながら一時間
彼はインディアンの残飯壕の残飯をすくって来た
そっと一握りの盗んだ食べ物を私にくれて

「食べよ食べよ」とささやく
しかし
こうした行為は彼だけではなく　監視兵に気付かれ
「日本軍人立入禁止」の立て札が立てられた
小鉄上等兵も　その夜見つかったらしく
遂に寝台には帰らず　永遠の別れとなった

仲良くなった小鉄上等兵の「このままでは餓死するぞ」
と蚊の泣くような小さな声は　闇の中へ淋しく消えた

父のビルマ戦記から抜粋（二十八）

――収容所物語（心身の鍛練場）――

兵隊達は　ビルマ鉄道の掘り下げ工事に出る事になった
毎日土にまみれて十字鍬を振り
埋められている鉄道を堀り出し
土をかついで運び捨てるのだ
私も早く皆と一緒に仕事をしたいと思っても
いざ仕事となると十字鍬を握っても上がらない

こうした日が繰り返されている内に又　移動となり
作業の都合でミンガラドンの収容所に帰って来た
ビルマ最大の収容所で　二万人に近い日本兵がいて
幕舎の町ができているほどだ
労働から帰った兵隊は　各自内地での職を生かして
大工や酒屋や漬物屋など　商人の町に早変わりした
器用な日本人は　指輪　煙草入れ　私物箱など
見事な品々を作り　不自由な煙草と交換する事も流行した

私は作業に出るかわりに二畝位の平地を見つけて
これを開墾する事を思いつき　野菜作りを勧め
新鮮な野菜のビタミンを中隊全員に補給するよう提案した

畑ができると　中隊全員が喜んで
野菜の種子をビルマ人から買い　各班毎に競って種子を蒔いた
肥料不足のため栄養失調の野菜が淋しそうに成長していく
自分によく似た野菜ができたものだと　独り笑う日が度々あった

以前から連合軍の好意により
労務者を慰める芝居や歌謡などの演芸が一層派手になって
夜になると　あちこちの幕舎から劇場に集まった
立派な舞台装置に一流役者はよいけれど
電灯は無く　空き缶に食油を入れて点火していて
黒煙がもうもう……
それでも毎夜　熱演がくり広げられ
時代劇　現代劇と演ずる中「明治一代女」が一番人気を呼んだ
日曜日には野球の試合も行われ　芸人や選手は練習に余念がない

しかしながら
今我々は連合軍にとらわれの身
鉄条網の中で衣食住を受け
朝七時に各隊毎に隊長に引率されて労務場に行く
連合軍の命令の下に生き　毎日重労働を課せられているのだ
幕舎に残る者は　病人と芸人の一部だった
考え方によっては　ここは得難い心身の鍛練場でもある

終戦時に後方にいて元気な者も
前線で　降り続く雨中のベグー山系に難行軍を重ねた者も
毎日労務に参加して苦役に従事した

父のビルマ戦記から抜粋（二十九）

―収容所物語（一喜一憂）―

収容所の兵隊は　終戦以来内地復員が唯一の希望だったが
連合軍も船舶不足のため配船ができず　延期となった

隊長と小高軍曹と私は　体位向上を目指して
ジャングルの中に健康道場を開き　風呂場を設けた
収容所内には風呂場が無く珍しいので
運動競技や相撲をとった者には三分間入浴を許すなど
先ず体育に努めた

午後四時　労務時間終了で労務者の隊列が力無く
ミンガラドン収容所の方にザラリザラリと指揮者に引かれて行く
暑い暑い日中の重労働を終えて　全身ほこりまみれの帰舎行進

それでも　一日の労務を終えれば楽しい夕食と自由な時間がある

インディアンの軍曹が私物箱を作ってほしいと言う
粗末な私物箱を作って渡すと大喜びで
それが縁でインデイアンと私は友達になった
不器用な彼等は　煙草に火を付けて出したり
堅いパンやコーヒーを勧めて
私物箱を作ってくれとねだるのだった

数日後
今度は　連合部隊本部で副官に安楽椅子を作り与えると
それを見たカーン隊長は　机四脚と椅子十脚を注文してきた
そこで私は　大工経験のある上田兵長と二人で
机と椅子作りに連合軍部隊本部に通い始め
十二日間の日は過ぎて
注文の机と椅子は出来上がった

次に注文されたのはなんと日本のソロバンだった
インドにはソロバンが無く　欲しくなったらしい
それからの私は　キリや小刀を使って
お粗末ながら　どうにかソロバンを作り上げた

その頃　夢にまで見る復員があって
第一次　第二次と滞在年限の古い部隊から
内地帰還が始まっていた
我が部隊でも毎日のように復員の話に華が咲き
雲をつかむような話が次から次へと流れて伝わる
敗戦した祖国　どんなになっているやらと気にかかる
我が家
一日千秋の思いで指折り数えて　復員命令を待ちわび
ていた
しかし　復員命令は未だ何時の事やら誰にも分からず
噂とデマが皆を一喜一憂さすのだった

終戦後一年の歳月が過ぎていた
心身共に疲れ果てて　復員早かれと　ひたすら祈り
待っていた

父のビルマ戦記から抜粋（三十）

——待望の復員命令来る——

待ちに待った内地帰還の情報に　一同手を握り肩を叩
き合って
あちらでもこちらでも張り切った兵隊の話し声
汗みどろで重労働から帰った兵隊達の表情は
嬉しさを超越している
ある者は　汚れた背嚢をひっくり返して私物の整理を
始める
待望の念願が遂に実って　興奮の一夜が明けた

翌々日
我々復員部隊はラングーンの復員キャンプに移動した

中に三本マストの白い船体の船が　我々の乗船を待っていた
船は日本丸だから日本の船であろうが　船員はチャイナーらしい
早く乗船して一刻も早くこのビルマの土地から離れたい……

この嬉しい復員者戦友達の胸ポケットには
極秘で淋しく持ち帰られる戦病者の遺骨が眠っている
衰弱者が収容所で病死したもので
遺品も遺髪もなく名ばかりの遺骨ではあるが
もの言わぬ霊魂が　我々と一緒に復員船を見ていることだろう

乗船の声……長い人混みの列の中に誰一人後ろを向く人も無く
順調に白い日本丸の船体に吸い込まれるように乗船した
「さーらーばラングーンよ又来るまでは」とか
「きーんのパゴダよ又来るまでは」と　あちらこちらから口ずさむ歌声が　ぶっきらぼうに聞こえる
しかし　このビルマには数え切れない戦友の霊が眠っているのだ
……二十数名の最後尾収容班の全滅
……我一人がこの復員船日本丸に乗っている
私は深く深く黙祷を捧げる……

今から三年余ケ月前　荒れ狂う海上を対潜監視　対空監視のもと
あえぎながら南下した海とは思えぬ　静かな航海を続けている

ラングーンを出て何日目だろう
二度目のスコールがやってきた
豪雨が体を叩きつける時
二年前ペグーの深山で雨期と闘い
飢え死にを遂げた戦友の哀れな姿を思い出した

大スコールが日本丸をかすめて行き過ぎた時
最後の決別が終わり　最後の弔いを捧げたような気持がした

そうして三、四日目
小島の点在する日本に帰った
しかし敗戦の悲しさ　進駐軍の照明弾により停船を命ぜられる
暗い海上に船は止まり……夜が明けて待望の宇品の港に入った

何年振りかに祖国の土を踏み
その顔に嬉しさはかくしきれない
午前八時頃であった……三々五々に引揚寮に入って行く

昭和二十二年五月八日　宇品港に上陸
召集令状を受け取ってから　三年十一ヶ月の歳月が流れていた

〈平井辰夫先生の挿し絵〉

あとがき

戸田たえ子

私は戦後の生まれで、戦争を知りません。

私が物心ついた頃、父はよく何かを書いていました。それが、私の脳裏に記憶されている、最初に写った父の姿でした。そして、それ以来長年にわたって父が書き続けていたのが、この「戦記」なのでした。

居間の障子を開けると、小さな溝のような谷があり、水が少し流れていました。石と、びいどろの草が雨に光るその横に、彼岸花が数本咲いて、父は私に背を見せて座っていました。手を止めて、じっと自然に見入っている、憂いを秘めた大きな背中でした。

あれから三十年以上たった今も、その頃の姿が画像のようにはっきりと浮かんできます。

お国のためにと出て行った戦場で、父が身をもって味わった戦争の姿は悲惨なものでした。父は、自分に正直にそれを書き残して、私達子孫に語り伝えようとしたのでしょう。

脳卒中で寝たきりになった今の父に、印刷されて本になったこの「戦記」を読む力のないことが残念です。でも、私はこの父を持ったことを誇りに思います。無念にも死んでいった多くの戦友や、私達の為に書き続けてきたその気持ちを生かしてあげたいと思いました。

文筆家でない父の記述には読みにくいところもあると思いますが、手にとって下さった方が、この中から、父の言いたかったことをお読み取り下さったら、この本の存在は無意味でなかったと思います。

この本の出版にあたって、お世話下さった秦敬先生と、絵を描いて下さった平井辰夫先生に深く感謝致します。

昭和六十二年二月　春の訪れを聞くころ

〈戸田たえ子の参加した児童文学誌・詩誌〉

詩人の歩み

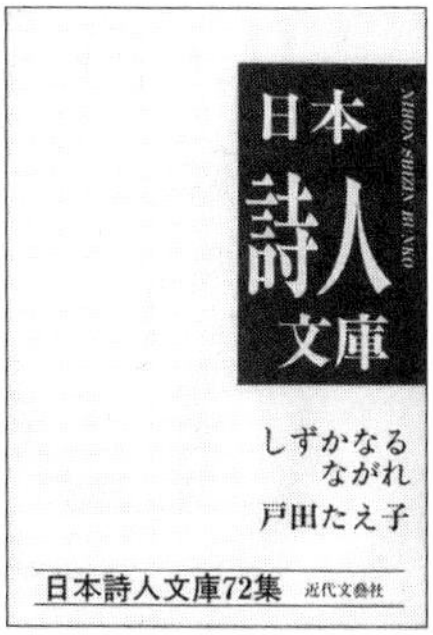

〈戸田たえ子の詩集・アンソロジー集〉

戸田たえ子（旧姓　藤原）

一九四八年　愛媛県大三島町（現・今治市）に生まれる。
一九五四年　宮浦小学校入学。
一九六〇年　宮浦中学校入学。詩を書き始める。
一九六三年　愛媛県立大三島高等学校入学。
一九六六年　大阪府　福徳相互銀行入社。
一九七一年　実家に帰郷。
児童文学誌「ぷりずむ」秦敬主宰の同人になる。
表紙題字　長新太　表紙絵　長野ヒデ子。
幼年詩を掲載。
同人詩誌「ＫＯＢＵ」平井辰夫主宰の同人になる。
少年詩を掲載。
一九七三年　大山祇神社に神職として奉職の戸田正安と結婚。神社社宅に住む。
一九七六年　長男　正文生まれる。
一九七九年　正安の実家、新居浜市山根町「内宮神社」に帰郷する。
一九八二年　長女　葉月生まれる。
一九八七年　父のビルマ戦記「私のビルマ戦線」を出版する。父は長い戦記を書き、加筆は一文字も無く、私が誤字を少し直した程度。
一九八九年『現代少年詩集』（芸風書院）発行のちに、『子どものための少年詩集』（銀の鈴社）発行に、今日現在まで毎年詩作品掲載。
一九九一年　詩集『しずかなる　ながれ』（近代文藝社）出版。
「子どもの文化」編集長　上地ちづ子　6月の詩にて「おにいちゃんのカサ」が巻頭詩になる。

一九九二年　「日本詩集」葵詩書財団　上本正夫　発行、数年詩掲載。「現代詩集」東京出版　山本直也発行、数年詩掲載。

「日本童話会」入会。会長の後藤楢根から幼年詩を書くようにと誘われ入会したが、一年ほどでご逝去。一作品掲載されたが、その後、廃刊になる。

一九九三年　児童文学誌「ポピイ」　石田ヒサ子発行同人になる。幼年詩を掲載。

一九九九年　日本児童文学者協会会員になる。

二〇〇二年　『元気がでる詩』伊藤英治編　理論社の5年生に「星を思っただけで」　6年生に「とおい古里」が収録される。

二〇〇四年　少年詩誌「おりおん」伊藤政弘　発行。33号から同人になる。表紙とさし絵は、娘の葉月によるもの。現在60号。

この年、台風で裏山からの土石流に遭う。一階の居間に土石が流れ込み、衣類や書籍、手紙類を失う。

『新しい日本の少年詩』解説　畑島喜久生。てらいんく。二〇〇九年まで詩作品と解説を掲載。

二〇〇七年　詩集『夕日は一つだけれど』息子の写真と娘の挿し絵で出版。てらいんく。

このころ、「一軒家」　丸山全友　発行。詩数年掲載。

二〇〇八年　「少年詩の学校」　現代少年詩の会。（てらいんく　らくだ出版）代表　畑島喜久生。詩掲載。

二〇一三年まで。

二〇一〇年　『詩の音読集』　日本児童文学者協会・付設の少年詩詩論研究会発行　詩掲載。

二〇一二年〜二〇一五年　銀の鈴社「掌の本」編集長柴崎俊子。詩掲載。

二〇一三年　詩集『ききょうの花』娘・葉月の挿し絵にて出版。　らくだ出版。

FM高松コミュニティ放送〝ほほえみは風のように〟の番組で詩作品が朗読される。

二〇一四年『詩の音読集』日本児童文学者協会・付設の少年詩詩論研究会発行　詩掲載。

二〇一六年『少年詩の教室』畑島喜久生　発行。詩掲載。別冊十号まで掲載される。

二〇二一年　児童文学誌「ざわざわ」菊永謙の誘いで入会。6号より詩掲載。草創の会　四季の森社刊。

二〇〇七年に出版した『夕日は一つだけれど』が電子書籍化される。ディスカヴァー・トゥエンティワン。

〈新居浜・内宮神社　写真・戸田正文〉

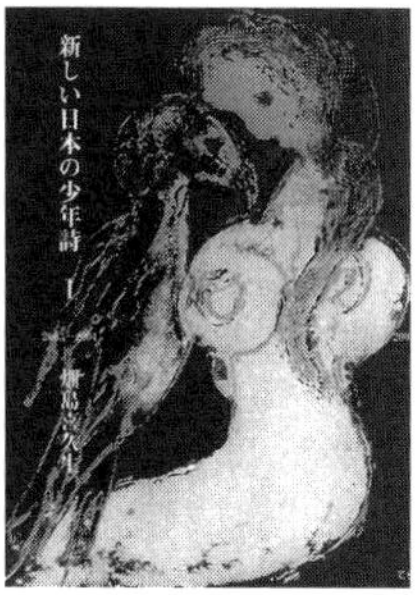

〈戸田たえ子の詩作品所収アンソロジー〉

〈台所で育てて３年目に咲いた蘭の花〉

四国の詩人が、
風土と結びついた詩を書きだす

畑島　喜久生

光と／風と／土と／人に恵まれて／美味しく／
育ちました。

この詩的な言葉は、愛媛・明浜選果場特産みかん「はまかぜ」のキャッチコピーである。

すると、この愛媛産みかんに付されているコマーシャルの含んでいる〝風土〟とはなんだろう。辞書（『広辞苑』）には、こうでている。「その土地固有の気候・地味など、自然条件。土地柄。特に、住民の気質や文化に影響を及ぼす環境をいう。」と。そしてここまでのことから分かることは、「人に恵まれて」とある、その「人」は、深く〝風土〟と結びついて、いや解け合ってしまっている、ということ。

わたしが、こんなことをいってるのは、本詩集『きょうの花』の作者、戸田たえ子が、四国・愛媛在住の詩人だからである。なお四国でも著名な内宮《うちのみや》神社、宮司職家のご婦人として……というとき、その人—詩人の持《じ》している詩的感性—それが、四国・愛媛の「人と／風と／土と」を背景にしていないはずはなかろう。

わが国最高の美学者、佐々木健一は、日本人の美的感性について、大意つぎのようにいう。「感性とは、外界からの刺激がわれわれの身体のなかに引き起こす反響である」——としながら、西欧人が個的なバラなどに魅かれるのに対し、わたしたち日本人のばあい、桜や紅葉などの群落的景観にいのちを揺さぶられる、と。……というとき、黄いろく色づいた蜜柑畑風景に、〝四国詩人〟の詩的感性が大きな蠢きを呈するであろうことの想像はつく。戸田たえ子にあってはとりわけ。生業（神道）との連なりにおいてより日本人的に。

そして、右にいってきたことを作品とつきあわせると、つぎ二編の詩のようになる。

残されたみかん　二つ　三《み》つ

空まで
みかんが　連なっていくような
段々畑の
天辺まで
潮風舞い上がり
いま収穫後のこのとき
小鳥たちのために
残されたみかん　二つ　三つ

小鳥たちは
このみかんが
濃い緑の葉っぱに抱かれ
黄色く　輝いていたことを
果たして知っているか？

＊

空まで
拡がる風情の
ついこの前までの
香《かぐわ》しいみかんの老木群に
小鳥たちよ
いま　声をかぎりの
愛慕を捧げよう！
私の内なる胸の思いに合わせて！

社《やしろ》の森

社の森は
静かでも息づいている
引かれるように森をのぞく
だれもいない
木々がいつもの姿で立っている
変わったものは何もない
それなのに

森は　いつも
私を誘ってはなさないのは
なぜ!?

「残されたみかん　二つ　三つ」は、いわゆる〝潮風みかん〟風景を謳っているのだが語調は古風。なぜ？それは、「社の森」をそう感じる感性が、おのずとそうさせている、と考えてよい。

ところで、この詩人の作品には、あのいまわしい「戦争」の詩が混じる。光と／風と／土とに恵まれた四国・愛媛の風土にも、人、すなわち人為としての戦争は割り込んできていた。つぎなる戸田の詩に拠るなら、それの終わった六十年余後のいまなお。しかし自然の柑橘は「人に恵まれて／美味しく」育ち。しかし、いやいや……ときに、であればこそ、四国・愛媛の詩人の感性は、その土地ならではの、風土とそこで育まれた人の優しさと、美しさを求めづつけていて―。

わたしの戦争

わたしは
父の体の中で
密かに
戦争を見ていた……

そんな気がして
父の遺した戦記の文字や
その行間をさえ覗き込んだ

文字の隙間に
文字の横に
文字の向こうに
戦争がある

戦って死んだ沢山の
尊い命の
重い息づかいが……

そんな気がして
一心に
父の遺した戦記を
こんどは　自分の体にとりいれる

＊

戦後も六十年余りが過ぎ
父の体の中から
とりだした戦争を見て……

いまわたしは
父と一体になる！

※『私のビルマ戦線』著、藤原義衡
「おりおん」に連載中の〝ビルマ戦記〟を書いた父のこと

いまいったこの「わたしの戦争」では、「わたし」と「父」とが一体化している。共に体のなかには、四国の光と／風と／土と／人に恵まれて／美味《うつく》しく／育った感性を潜ませながら……。こう考えてくると、詩を書くという、超越的な言語世界も又、その詩人の生きている風土と融け合いながらのいのちの紡ぎだしであるということ。戸田たえ子の、このたびの詩集『きょうの花』を読んでいると、そのことの謂れの意味がよう く伝わってくる。さらにいうなら、本詩集の表紙絵・挿画は、序詩にあるご息女の葉月さんが担当されるという。と、ここでの詩の風土との融合は、家族こぞって、ということにもなっている。

（「現代少年詩の会」代表・詩人・評論家）

詩集『夕日は一つだけれど』を読んで

はたちよしこ

　人はどこから来て、どこへいくのだろう。ふと、いや何度か思うことがある。そんなとき、自分は人間ではなく螢のようなはかないものかもしれない気がする。しかし、一方では、くりかえし自分を勇気付けることばを探している。かっては、こんなことの繰り返しだった。人は強く生きていくために、自分のことばを探し続けていくのかもしれないと、今は思っている。

　詩集『夕日は一つだけれど』を読んでいるうちに、ふと、かつての思いを思い出していた。

　この詩集の作者が、書名にこれを選んだのは、この作品の不思議な感覚をずっと忘れないでいたのだろう。第一章の最初にこの作品が組まれている。

　私たちは成長と共に、多くの経験、そして言葉を覚えていくが、不思議に子どもの時の驚きの記憶を忘れない。その新鮮さが忘れさせないでいるのだろう。作品「夕日は一つだけれど」は、同じ山に沈んでいた夕日が、あるとき別の山に沈んでいくのを見る。そのとき、はじめてこれまでの感覚が消されていくのを感じる。それは視点が変わったことだと初めて気がつく。そして、驚きから次への一歩に広がる。いや、その驚きをむしろ大切に作者は持ち続けている。

　作品「ぐい実を食べると」では、

ぐい実を食べると
小鳥のきもちが
ちょっぴり　わかる

私は子どもの頃、この実を食べると鳥になるんだよ。と、だれかに言われたが、どきどきしながらすっぱいこの実を食べた。おやつも特になかった頃だった。しかし、作者は小鳥と話せること、わかり合えることを思った。小鳥とぐい実、それは作者との間にある優しさなのだろう。作品「来年も　またおいで」は、連作のように小鳥への思いを感じる。

二章の作品「ないしょだよ」は、ぼうしをかぶったネコの不思議な話。そして、作品「気づく」でのねこの詩では、

さよならの合図もなく
なんにもすることなく
これまでの住みかから　いなくなった

「なにもすることなく／とは／こんなことか」と、作者の呆然とした思いがある。それは次の作品にも感じられる。作品「考える」である。

悲しいと
木の葉や　草や
空や　山が
キラキラ　光って見える

死んだ友だちのことへと思いが移動していく。喪失感は、逆に自然がキラキラして見せるのはなぜだろうか。作者の深い思いが、この四行にも感じられる。

そして、その喪失感を捨て去るように、明るい方向をみようとする作品が続く。それに読者はなぐさめられる。

作品「みかんは小玉がおいしいんよ」。亡くなったおばさんはいう。みかんを育て、みかんを愛したおばさんの言葉は、その人となりを伝えてくれることを感じる。

最終の三章、この章の作品は、力強いものを伝えてくる。「伝えたいこと」、「竹とぼく」、「時間」、そして、作品「パイプ」

細く　たよりなくても
僕も
きみも

なくてはならない　役割がある

また、作品「草をむしる」では、

無心に　むしる
むしり続けて　草の山
（略）
わたしは
罪深いのか　と
草は
あたりまえのように萎えて・・・・・
瞬間
わたしがわたしでなくなる

と、続く。作品「心なきこと」も心打つ。そして、作品「命見る」では、消えていくもの、自ら消してしまうものに、命を見てきたのだと。

小さな　みかんの
おびただしい　命が
摘み取られて　ころがっている

と、それを自分の内深く捉え、最後の一行「命見る」と終えている。

取り上げたい作品が多くあった。そして、何度読んでも、この詩集の作品の並びに心捉えられるのだ。確かに順に読んでいく。しかし、いつか心が動いていくのだ。一冊の詩集の中に、心が入っていくように、作者の思いが、自分の思いでもあったような気がしていく。そしてまた、最初のページへと、心引かれてく詩集だった。

最後に、お会いした戸田たえ子さんはしんと思慮深い印象だったことを、いつまでも忘れないでいる。

（詩人）

輝く自然と命との出会い

菊永　謙

1.　若い日の感性

もう何年前のことだろうか。二〇年ほど前に、戸田たえ子の第一詩集『静かなる　ながれ』を読んだ時、心に強く残った詩篇がいくつかある。その一つ、魅力的な作品として「とおい古里」が印象に残っている。今、ここでは第三詩集『ききょうの花』から、作品を引いてみよう。

とおい古里

野いちごの季節になると
きまって思いだす幼い日の顔がある
山の奥から駆《か》けてくる汚《よご》れた顔
かお
　かお
かお

いちごのとげで刺した指も痛くない
スカートの裾《すそ》なんか気にならない
夕暮れを驚いて知った　どの顔も
夕日を見つめ　走る

私も
　私も
私も

すべるように山をおり
祈るように夕日に向かって走る
　走る
走る

古里の山の奥へ入って、野いちごを探して食べた少女の日の思い出。幼なじみの友達と いつもの野山で楽しく過ごし、ふと、夕暮れの近付いていることに気付く。子どもたちは〈夕暮れを驚いて知った　どの顔も／夕日を見つめ〉〈すべるように山をおり〉〈夕日に向かって走る　走る　走る〉。遊びに夢中になっていた子どもたちが一目散に走っている光景がみずみずしく描かれている。誰しもが子どもの頃に経験した出来事がリアルに差し出されている。この子ども時分の思い出こそが、まばゆく輝く「とおい古里」の原風景なのだと、戸田たえ子は記し伝えている。実にまぶしい幼年の日の、少女の日の残像であり、心の内なる古里の位置付けそのものであろう。

戸田さんは、「詩人の歩み」にあるように中学生の頃から詩作を始めている。高校を卒業して大阪の銀行に五年程勤め、再び故郷の島に帰り、１９７１年に秦敬さんの主宰する児童文学誌「ぷりずむ」に、また平井辰夫さんの同人詩誌「ＫＯＢＵ」に参加して、詩や少年詩を発表し始めている。瀬戸内の神の島・大三島で育くまれた少女の日のまっすぐな感性はみかんの如くまぶしい。若い日々の彼女の鋭い感受性を明示している作品として、私には詩篇「蝉」「風の日は」「秋の声」などが心に響いてくる。とりわけ 作品「秋の声」における夏から秋へと移りゆく時間、異なる二つが〈たがいにすれちがう瞬間の／かすかな声を／聞いた〉夏から秋へと移り行く時間 異なる二つが互いに すれ違う瞬間のかすかな声を聞いたという感性を言葉にして読み手に伝え表している力量に驚かされる。先に掲示した三つの作品は若い感性が全身で感じ心震わせている詩行として、また同時に長年にわたって詩作を継続し得た源泉でもあることに気付かされる。

2．大きな自然と向き合う心

戸田たえ子の作品を読みながら、心に響いてくるのは、それぞれの存在への気付きである。いつもはありふれていて意識していなかったものが、ふと消えてしまって、初めてその存在に気付かされる。例えば、第二詩集『夕日は一つだけれど』に所収されている作品「気づく」も味わい深い。一軒の空き家に住まっていたねこの親子が、いつの間にかその姿を見せなくなり、ねこのなき声を耳にしなくなって、ねこの存在に改めて思い至るのだと……。

同じように、作品「考える」においても、ひとは何ゆえに、〈木の葉や　草や／空や　山が／キラキラ光って見える〉のだろう。それは自然のまぶしい輝きのかなたに、少し前までは極当り前にそこにいた〈かずちゃん〉がいないことに気付いている故に。〈死んだかずちゃんのことを　思い出す〉時に、自然はいっそう輝きを放って生きて在ることの意味を問い掛けてくるのだと告げる。遠く中国の古詩、〈年年歳歳花相似たり、歳歳年年人同じからず〉も思い浮んで来る。

戸田たえ子の詩の根底には、大きな自然の存在、大きな宇宙を背景としたなかで、私たち人間は、ほかの動物たちと同じくある限られた生命(いのち)を、それぞれに生かされている存在であるらしいという大きな原理にひそやかに気付いている精神があるかに見える。作品「伝えたいこと」は、彼女の心の内側を、彼女の人生観――宇宙観の一端を伝えてくれる。〈はてしなく　つづく　宇宙の／ゆるやかな　ながれ〉にあって、私たちは極当たり前のように、朝、昼、夜の巡りに慣れ親しんでいるが、その三つを同時に味わうことは出来ない。朝、昼、夜のそれぞれの持つ独特の味わいと輝きを、それぞれの本来の姿を深く知るとき、その輝きを感受する喜びに思い至る。その経験を重ねるときに真に生きてあることに気付くらしい。何故ならば、〈自分が宇宙の　チリのかけらでしかないこと〉に気付くゆえに。大きな自然や時代の流れのなかにあって、たまたまこの世に出現し、やがて、百年に満たない生命を与えられ、やがて消え去っていくものに過ぎない存在なのだから、と。それらの連想は私の深読みの悪習に過ぎないのであろうか。その思いは作品「大空の底」や「ききょうの花」にも通じている。

作品「ききょうの花」も一読して、心に強く焼き付けられる詩篇である。深い山に続くかたわらに古い一軒家があって、〝だるま〟を描くおじいさんが住んでいた。その一軒家の四方の壁には、大きな目玉をしただるまが描かれていたという。作品の後半を引く。

おじいさんが
いつから　そこに住み
いつごろいなくなったか
だれも知らない

一軒家の天井が抜け落ち
流れる雲と
澄んだ高い
ほんとの空が見えたころ
福をもたらす〝だるま〟だと
風のうわさが舞いはじめ

そして――

夢路のような
深山に続く細い道のほとりには
紫色のききょうの花が咲いていた

ひと知れず、だるまの絵を描き続けて、いつしか消えてしまった古老。天井が抜け落ち澄んだ高い空が見え雲が流れる時に、人々はようやくあの老人の存在に気付く。ある者が立ち去って、その存在の大きさに気付かされる。咲きほこる紫色のききょう。私たちは身近な何かを喪ってはじめて、その存在の大きさに思い至るのかも知れない。人生を歩み続け、歳月を重ねて初めて知ることも多いのかも知れない。作品「ききょうの花」は、彼女の詩境のある到達点だと思う。

3．命との出会い

近作詩篇においても、身近な素材をテーマにしながらも読み手の心に染み入る作品が並べられている。作品「生きている」は裏山から下りてくるさるやいのししに、時には手を焼きながらも、彼らもまたひたすらに生きている存在なのだと思い至る彼女の心の風景に心ひかれる。同じく作品「鯛」も、大きく重い鯛を捌こうとする時、強く鋭く光るうろこに戦き、海をゆったりと泳いでいたであろう魚の時間に思いを至し、その鯛に見つめられている自らを冷静に描いている。どこからかやって来る地域猫、初めは遠慮がちに過ごしていた猫が、いつの間にか与えられたごちそうを頂いた後もわが家に寝そべって夕焼けまで遊んでいくという「茶猫」も味わい深い。同じ時代を、時間を、否、この瞬間を共に生きているものへの慈しみを覚えている彼女がいる。戸田たえ子の詩作の底流に流れている大きな思いなのであろう。

慈しみの心は、動物たちだけでなく、草花にも同じように向けられている。庭に生えているつつましい小さな草にも、それぞれの名前が付されているのであろう。大地に根を伸ばして自らの存在を主張して、ささやかな花を咲かせている。ときに、詩人はみずみずしい元気な草を引き抜いて、マリーゴールドを植える。その時に、〈なぜだか今日の草たちはいつもとちがう／ひきぬかれた草たちの／ああ静まり返った命よ／つつましく香る秋風となって／私の横を通り過ぎて行ってしまった〉と語られる作品「どんな草も」も心に深く染みてくる。その思いは、少女の頃からの友達である「秋子さん」への思いにつながっているのだろう。コスモスを眺めている時に届いた手紙。〈……病気だけど／この秋と冬を／のりこえて／春まで生きたい……〉という手紙の文字に、友を思う気持ちが読む者の心を打つ。

戸田たえ子は、詩集『ききょうの花』刊行のあとがきに、〈〝光陰矢の如し〟という言葉を実感しながら編集しました〉と記している。まさしく人生は夢の如く一瞬のものなのかも知れない。〈島の廃校に残されたブランコ／見捨てられた忘れ物のように／ぽつんと／誰かを　待っている／さびれた鎖で〉、〈わたしでよければ／ゆれてみようよ〉。そっとブランコをこげば、故郷の青い空もゆれ、細波（さざなみ）の海も見えるのだと云う。それは島に帰った日の現実の出来事でもあり、また、戸田たえ子の心の内なるぶらんこでもあるのだろう。遠い日が近く、近い出来事が遠く感じられる歳月を彼女も重ねてきたのであろう。

〈海が見える／みかん畑に囲まれた小高い丘に／父母の墓はある〉その墓にたたずむときに、〈――草も生きとるんじゃけん／ひかんでええよ／　と　母の声が聞こえ／そのままにして　手を合わせた〉という作品「母の声」もまた、この一族の有り様を告げているように思われる。まさしく、人生は光陰矢の如し、雲の流れる空の下、愛しき限りある人生に深い思いを刻みつつ生きる意味を彼女はかそけく告げている。

4．　ビルマ戦記のことなど

今ひとつ書き記して置かねばならない。それは父親の人生についてである。第三詩集の後半には、「父の戦争」「母の戦争」「わたしの戦争」の三作品が所収されている。三つの作品にすべては記されている。と同時に、一九九一年に刊行された第一詩集においても父親の死を弔う作品のなかですでにビルマの戦記に触れているのだが。


彼女の父親に召集令状が来たのが三十三歳の時だったという。同じ地域では父親だけだったという。何故ならば、車の免許を取得していた故に。父親は四年近くの間、南方の激戦地ビルマの戦線においてトラック部隊の兵士として、生死をさ迷う年月を過ごしている。多くの日本兵がマラリアなどの病症、飢餓、敵軍の圧倒的な攻撃によって、同じ部隊では多くの戦友を失ない、終戦時には捕虜となって、ようやく日本にビルマから復員生還している。その極限の死闘の有り様を、克明に偽りなく綴ったビルマ戦記。その記録を娘としての戸田たえ子が昭和六十二年に編集し刊行している。このたびの詩集アンソロジーにおいても、本来ならば、彼女の詩作や故郷についてのエッセーを所収すべきところ、彼女自身の申し出もあって、藤原義衡著『私のビルマ戦線』から主要な部分を抜粋して、本書に所収させて頂いた。一読頂ければ、いかに壮烈悲惨なビルマでの死闘であったかを伺い知ることが出来よう。

戸田たえ子にとっても、父親のビルマにおける苛酷な戦争体験は大きな意味を持っているであろう。父親をはじめとして戦争経験者の現実の実像を知り、その克明な戦場の記録を出版するに当って、その記録の清書や編集を通して彼女の知り得た世界は、その後の生き方やものごとの考え方にも深く影を落しているであろう。もし、父親がビルマの戦場から無事に復員生還していなかったら、自らが存在していたかどうかも不明なのだから。終戦前後に生まれ、戦後初めの厳しい生活状況を知る者にとって、深い沈黙を経て時折に語られる父母や祖父母たちの戦争や生活に関わる言葉は、深い問い掛けや意味を含んでいたであろうと思う。戦後生まれの私なども、南方の戦場に長く居てマラリアなどにかかり、ようやく復員した父親の兄弟について、ふとした時に父のもらした「兄さんも苦労して南方から帰って来たのよ」の一言は、今なお耳底に残っている。戦争を知らない世代ばかりが多くなっている今日において、庶民の戦争体験の記録に出会うことは一層たいせつな事柄だろうと思う。

八十年近く前の戦争の凄まじさに出会える一級の史料であろう。ビルマにおける悲惨な戦争体験が細部にわたって客観的に描かれている。戦争の実体とは何ものなのかを、如実に伝えてくれる。今日の日本における平和な状況は、幾多の戦争犠牲者やアジア諸国の人々の犠牲の上に成り立っていることに、私たちは今一度心しなければなるまい。戦争への大いなる反省から生み出された「平和憲法」の大事さを改めて認識し直すことも必要なのだろう。戸田たえ子の詩作には、父や母の生き方を通して、身を持っての戦争体験が底部に秘められているといえよう。私も改めて、この『ビルマ戦記』を心して読み直してみたく思う。

詩を長年にわたって書き続けるとは、自らの生まれ生きてきた時代、父母を初めとして兄弟、夫や息子や娘、孫たちという一族、自らの周りにいた人々との結び付きについて改めて思い至ることなのかも知れない。人生は光陰矢の如く、長いようで短い。詩を書くとは、その多くの出会いのなかで人生の輝きや悲哀を深く味わい、内なる思いをひそやかに誰かに記し伝えることなのだろう。

（詩人・児童文学評論家）

現代こども詩文庫　5

戸田たえ子詩集

発行日　2023年6月25日　初版第一刷発行

著者　戸田たえ子
企画・編集　菊永　謙
カバー絵　大井さちこ
装丁　落合次郎（原案）
組版・DTP　廣田稔明

発行者　入江隆司
発行所　四季の森社
〒195-0073
東京都町田市薬師台2-21-5
電話042-810-3868
MAIL sikinomorisya@gmail.com
©戸田たえ子2023
印刷　モリモト印刷株式会社
ISBN978-4-905036-36-4　C0392

落丁・乱丁本は送料弊社負担でお取り替えいたします